Histoire pour endormir ses parents

Colas Gutman

Histoire pour endormir ses parents

Illustrations de Delphine Perret

Mouche
l'école des loisirs
11, rue de Sèvres, Paris 6e

Du même auteur à *l'école des loisirs*

Collection MOUCHE

Rex, ma tortue
Roi comme papa
Les chaussettes de l'archiduchesse
Les aventures de Pinpin l'extraterrestre
Je ne sais pas dessiner
La vie avant moi
L'enfant
La princesse aux petits doigts
Chien Pourri
Joyeux Noël, Chien Pourri !

Loi n° 49.956 du 16 juillet 1949 sur les publications destinées à la jeunesse : mars 2014
Dépôt légal : mars 2014
Imprimé en France par l'imprimerie Pollina à Luçon - L67615

ISBN 978-2-211-21433-9

Pour Gaspard

Le soir, avant de me coucher, mes parents se sentent obligés de me raconter des histoires. En général, elles sont longues, pas drôles et finissent toujours mal.

– Vos dragons, vos châteaux, vos poules et vos chiens, j'en ai assez !

– Mais enfin Léonard, tous les enfants aiment ces histoires-là.

– Ben, pas moi. Revenez me voir quand vous en aurez une potable.

– Il était une fois une baleine ? a dit maman.

– Non.

– Une chèvre ? a demandé papa.

– Non plus.

– Je sais, a dit papa. Il était une fois un charmant petit garçon qui…

– Non. Il était une fois un enfant stupide, moche et débile ! j'ai dit.

– Léonard, tu ne peux pas dire ça, a dit maman.

– Je parlais de Vladimir.

– Qui c'est celui-là ? a demandé papa.

– Un copain.

– On ne parle pas comme ça de ses amis, a dit maman.

– Léonard, quelqu'un t'embête dans ta classe, c'est ça ?

– Décidément, vous ne comprenez rien, je vais devoir vous parler comme à des enfants. Il était une fois un affreux chevalier nommé Vladimir qui pestait tout le temps, crachait partout et écrivait des gros mots sur les murs de l'école. Des gros mots comme…

– On ne veut pas savoir ! a crié maman.

– Vladimir crachait aussi du feu comme un dragon, et mangeait des grenouilles à la cantine.

– Sacré Léonard, a dit papa, quelle imagination !

– Vladimir avait l'infâme projet de dérober les souliers à scratchs de sire Léonard et de mettre le feu aux écuries de l'école.

– Très drôle, a dit papa. Maman a du travail et je dois faire la vaisselle.

– Attends, c'est quoi cette histoire de chaussures ? a demandé maman.

– Si je vous le dis, j'aurai droit à une glace ?

– Non, Léonard, une histoire ne se marchande pas ! a dit papa.

– Alors pas d'histoire !

– Bon, d'accord, mais c'est exceptionnel, a dit maman.

Là, papa s'est fâché. Il a dit qu'il lui faudrait au moins dix mains pour compter le nombre de fois où c'est exceptionnel et que si elle voulait faire de moi un obèse, autant le dire tout de suite.

– C’est vrai, tu le gâtes trop ton fils. Regarde, il a douze camions de pompiers différents, tu peux m’expliquer pourquoi ?

– Moi, je peux vous le dire.

– Toi, on ne t’a rien demandé, a dit maman. Si Léonard a douze camions de pompiers, c’est qu’en cas de gros incendie, un seul ne suffit pas.

– Exactement ! j’ai dit.

– Léonard, raconte une histoire à ton père, ça le calmera.

– Non, raconte-la plutôt à ta mère, ça la détendra.

– Faudrait savoir, j’ai dit.

– Toi, on ne t’a rien demandé ! On t’écoute ! Ils ont dit tous les deux.

– Et ma glace ?

– Plus tard !

J'ai repris :

– Alors que Vladimir s'apprêtait à voler les tennis à scratchs de sire Léonard, une question l'arrêta : Comment sire Léonard ferait-il pour rentrer chez lui sans ses chaussures ? Ils trouvèrent un accord. Sire Léonard pouvait les garder jusqu'à son retour, mais devait les lui lancer par la fenêtre à minuit pile.

– Tu as fait ça, Léonard ?

– Mais non. Et puis l'infâme Vladimir avait, avant tout, le projet de mettre le feu aux écuries de l'école, je vous le rappelle, grâce au briquet qu'il avait dérobé à son père.

– En tout cas, ce n'est pas avec moi que ça arriverait, a dit papa. Les gens laissent traîner tout et n'importe quoi à hauteur des enfants.

– Ah oui ? a dit maman. Et qui a avalé un suppositoire quand il avait trois ans parce que son papa avait oublié de ranger la boîte ?

– J'ai avalé un suppositoire, moi ?

– Toi, on ne t'a rien demandé ! a dit papa.

– Et qui a laissé traîner une paire de ciseaux pour qu'un enfant de quatre ans joue au coiffeur avec le caniche de la voisine ?

– J'ai fait ça, moi ?

– Tais-toi Léonard, on discute !

Comme ils discutaient beaucoup, et qu'ils ne me regardaient plus, je suis parti me chercher une glace dans le congélateur.

Quand je suis revenu, ils discutaient toujours.

– Et qui a oublié d'aller chercher Léonard à l'école parce qu'il pensait qu'on était dimanche

– Et qui a perdu son enfant dans la forêt pendant la cueillette des champignons ?

Je comptais les points : papa menait sept à six, quand maman lui a dit une chose qui valait au moins quatre points.

– Qui a confondu son enfant avec un autre à un goûter d'anniversaire ? Oui, qui s'est aperçu en rentrant chez lui qu'il n'avait pas récupéré le bon enfant ?

– Mais, a dit papa, ils avaient tous des masques de Spiderman sur la tête, c'était une fête déguisée.

Le problème des glaces, c'est qu'elles sont soit trop froides, et elles font mal aux dents, soit trop chaudes et on en met partout. Une petite mare s'est formée sur le parquet.

– Quelqu'un veut de la glace ? j'ai demandé.

– Léonard ! a crié papa.

– Léonard ! a hurlé maman.

– File dans ta chambre, a ajouté papa.

– Puisque c'est comme ça, je ne vous raconterai plus jamais d'histoires !

– Tant mieux, a dit papa.

– Oui, on a passé l'âge de toute façon, a dit maman.

– Et mes scratchs ?

– Quoi, tes chaussures ? a dit papa.

– Vous vous en fichez ?

– Bien sûr que non.

– Je veux un bonbon !

– Pardon ?

– Un bonbon et je vous dis tout !

– Hors de question ! a dit maman.

– Oh, Léonard, regarde ce que j'ai dans les poches, a dit papa.

Là, maman s'est fâchée parce que papa a sorti des fraises, des bananes et des cerises.

– Quoi ? c'est tout de même des fruits, a dit papa.

– Léonard, a dit maman, maintenant, soit tu parles…

– … soit tu ranges ta chambre, a ajouté papa.

– Faudrait savoir, je dois parler ou faire le ménage ? Je continue.

L'infâme Vladimir qui devait descendre directement des hommes des cavernes a dit à sire Léonard : « Ou bien tu me donnes tes scratchs ou bien je te tape, à moins… »

– À moins ? a dit papa.

– « … que je te les échange contre un truc. »

Moi, j'ai dit que je préférais cette solution. Alors il m'a fait une liste de choses à échanger :

- une petite cuillère 
- un cure-dent 
- un ressort 
- une paille 
- un gobelet en plastique 
- un robot-mixeur 

– J'ai hésité entre le cure-dent et le robot-mixeur, j'ai finalement choisi le robot.

– Mais vous n'avez pas le droit de faire ça, a dit maman.

– Pourquoi ?

– Parce que je suis sûre que le robot-mixeur de ton copain Vladimir n'est pas à lui.

– Si, le mixeur est à lui puisque sa mamie lui a acheté pour son anniversaire.

– Les gens achètent n'importe quoi de nos jours, a dit papa.

Mais maman lui a rappelé le jour où il m'avait offert une mini-tondeuse à moquette, qu'il avait ensuite échangée contre un hamster en plastique, avant de finalement m'offrir un énième camion de pompiers.

– Il est où ce mixeur ? a demandé papa.

– Dans la cuisine.

Papa était aussi soulagé que la fois où il avait retrouvé ses clés dans sa poche, ses lunettes sur son nez et sa fourchette dans sa main. Maman a pris une voix très douce pour me dire :

– Demain, tu rendras son mixeur à ton copain Vladimir.

– Non.

– Et pourquoi ?

– Parce que j'ai décidé de te l'offrir.

– Mais je n'en veux pas, a dit maman.

– Un cadeau ne se refuse pas !

– Mais tu ne peux pas offrir quelque chose qui ne t'appartient pas, a dit papa.

Les deux m'ont dévisagé comme si j'étais un Martien à qui ils devaient expliquer la vie sur Terre.

– Tu vois Léonard, ce qui est à toi n'est pas vraiment à toi.

– Vous voulez dire que mes douze camions de pompiers ne sont pas à moi ?

– Si, bien sûr, a dit maman.

– Mais le reste, c'est plus compliqué, m'a dit papa.

Je me suis imaginé dans ma chambre, nu avec mes douze camions de pompiers et rien autour et je me suis mis à pleurer.

Et puis, le téléphone a sonné,

c'était le papa de Vladimir. Il était très embêté parce que son fils avait décidé de faire des trous dans mes tennis à scratchs pour en faire des rollers et il avait aussi découpé les scratchs parce qu'il préférait les lacets.

Il proposait qu'on garde le mixeur en échange. Maman n'a pas voulu et a dit que, dès demain, je le rapporterai à l'école, et qu'elle était désolée pour le dérangement.

À titre exceptionnel, papa a voulu m'offrir un bonbon en dédommagement. Et, une nouvelle fois, ils se sont criés dessus en silence. Mais comme souvent lorsqu'ils se disputent, ils s'en prennent à moi, ils m'ont dit :

– Maintenant Léonard : un pipi et au lit !

– Tant pis pour vous, vous ne saurez jamais ce que sont devenus les tennis de papa.

– Comment ça, mes tennis ? !

– Eh bien, pendant que l'infâme

Vladimir voulait échanger son robot-mixeur contre mes tennis à scratchs, Émilie, une damoiselle de ma classe, les remarqua aussi : « Dis donc, peux-tu me donner ces beaux souliers à fermeture automatique ? »

– Et ? a demandé papa.

– Comme je les avais déjà réservés pour Vladimir, je me suis souvenu que toi aussi tu avais des tennis à scratchs que tu ne mettais jamais.

– Tu as donné mes chaussures à ta copine ?

– Oui, mais j'ai découpé les bouts parce qu'elles étaient beaucoup trop grandes.

– Léonard !

– Ben quoi ? Tu dis toujours qu'il faut être gentil avec les filles et puis elle m'a donné une pile en échange.

– Ça suffit ces histoires, a dit maman, demain tu vas rendre ces objets à tes petits camarades et tu vas récupérer tes affaires.

– Et les écuries au fait, elles ont brûlé ? a demandé papa.

– Oh, a dit maman, qu'il est bête, qu'il est bête, qu'il est bête !

D'habitude quand papa ne comprend pas quelque chose, maman lui explique en faisant de grands gestes, moi je préfère utiliser mes jouets.

– Venez dans ma chambre, j'ai dit. Maman, prends un Lego et toi papa, mon épée. Papa, tu es l'infâme Vladimir qui veut brûler les écuries de l'école. Mais, quand tu arrives à l'école, tu t'aperçois qu'il n'y a pas

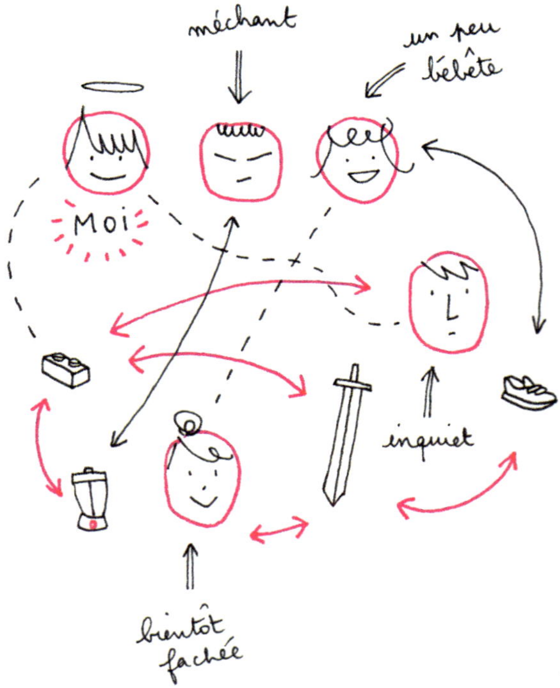

d'écurie, seulement des tennis à scratchs, tu comprends ?

– Et pourquoi ce serait moi et pas elle, l'infâme Vladimir ? a demandé papa.

– Parce je suis une fille et que je suis gentille, a dit maman.

– Pas vraiment, j'ai dit : toi maman, tu es Émilie, la fille qui ne

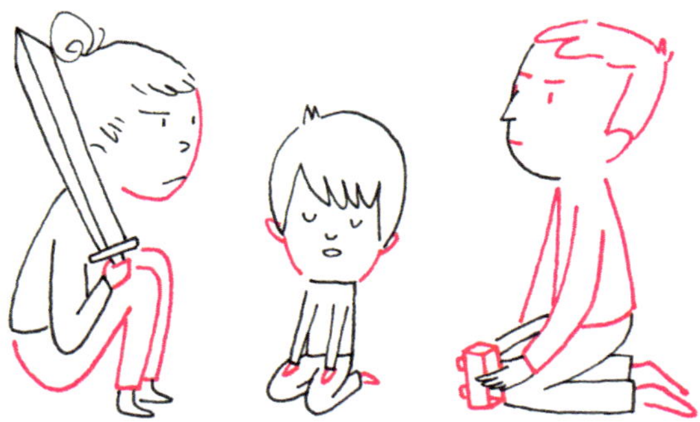

comprend jamais rien. Et moi, je suis le gentil Léonard. Maman, tu dis : « Oh ! elles sont belles tes tennis Léonard. » Et moi je dis : « Oui, mais je viens de les donner à Vladimir. »

Alors, toi tu dis : « Ah, d'accord, tu peux me les donner ? » Et moi je te dis : « Ben non, je viens de te dire que je les ai donnée. » Et là, maman écoute bien, tu dis : « Oui, mais si je te donne une pile en échange ? » Maman, tu me donnes un Lego, c'est ta pile, tu comprends.

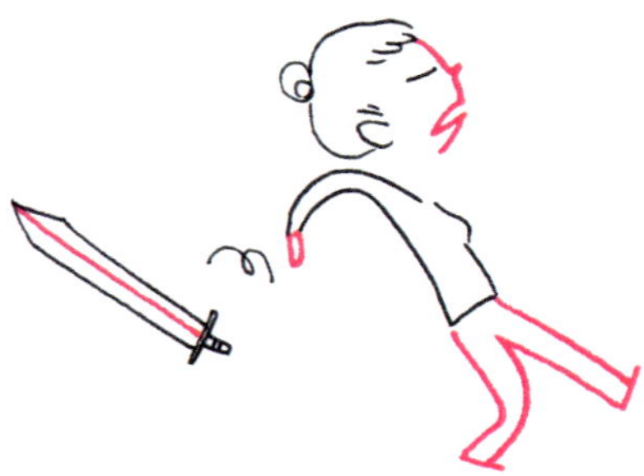

– Je ne joue plus, a dit maman, j'en ai marre d'avoir le mauvais rôle.

Papa a rigolé et a dit qu'il ne connaissait pas plus mauvaise joueuse qu'elle, mais maman ne plaisantait pas et puis papa a dit :

– Pour une fois ça change, d'habitude, c'est toujours elle la gentille et moi le méchant !

– Ce n'est pas vrai, a dit maman.

– Si ! a dit papa.

– Répète ! a dit maman.

– Je ne répète pas aux menteuses !

J'ai cru qu'ils le faisaient exprès pour que je leur dise de partir de ma chambre, mais maman m'a regardé droit dans les yeux :

– Léonard, re-raconte-moi l'histoire du robot-mixeur et des tennis à scratchs depuis le début, et tâche d'être précis.

– Il était une fois un robot-mixeur…

– Il était gentil ?

– Je ne sais pas, maman, un robot ça ne peut pas être gentil, non ?

– Oui, mais est-ce que la maman du robot, elle, était gentille ?

– Les robots n'ont pas de maman, a dit papa. Et il a ajouté : ils ont plutôt des papas, puisque ce sont souvent des ingénieurs hommes qui les créent.

Maman n'a pas du tout apprécié

que les robots aient des papas. Elle lui a pris des mains l'épée en mousse qu'il avait et elle lui a donné un coup sur la tête. Papa a été si surpris qu'il a eu un mauvais réflexe : il a shooté dans mon ballon de foot et a failli casser une vitre. À nouveau papa et maman se sont mis à crier, et cette fois, très fort :

– Espèce de biiiiip ! a dit maman.

– Biiiip toi-même ! a répondu papa.

J'ai pensé qu'il leur fallait peut-être une glace et des bonbons pour se calmer mais maman a regardé l'heure :

– C'est affreux, il est horriblement tard, au dodo Léonard !

– Le dodo est un oiseau, il faut arrêter de me parler comme à un débile, sinon je vais le devenir, j'ai dit.

Je ne sais pas si c'est l'histoire du dodo, mais papa et maman avaient l'air très fatigué. Ils avaient des cernes noirs comme des vampires, je leur ai demandé de s'allonger sur mes coussins comme des Indiens et d'écouter mon histoire tranquillement.

Alors voilà :

– L'infâme Vladimir aimerait beaucoup échanger mon épée laser contre son cartable. Je trouve que c'est une très bonne idée, sauf que moi, je voudrais son déguisement de Superman contre un fer à repasser. Maman, on peut donner ton fer à repasser ? En même temps, moi j'ai son briquet parce que je l'ai échangé contre une barrette que voulait Émilie, et puis Max m'a demandé si je pouvais lui rendre son chat en peluche mais je ne le retrouve plus,

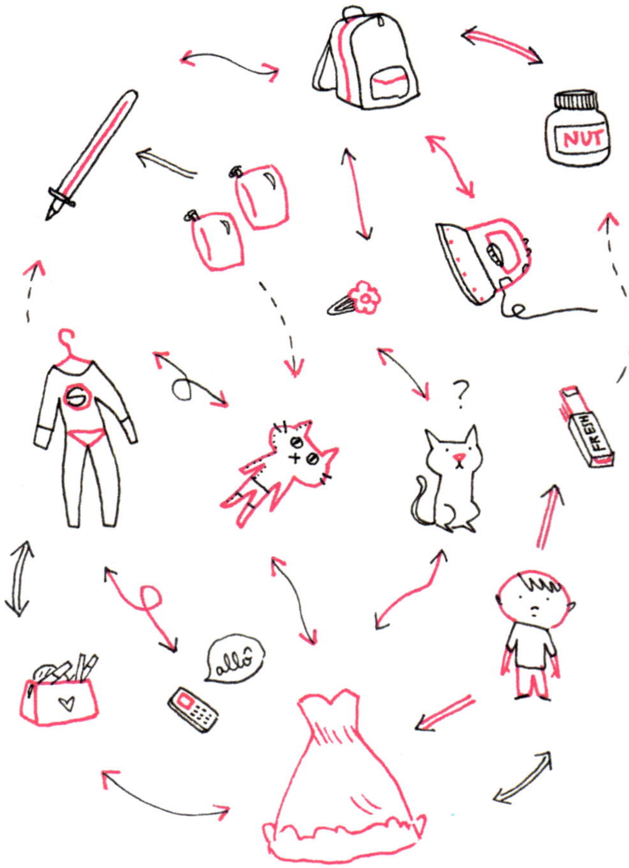
NUT
FRESH
allô

à moins qu'on lui donne notre vrai chat en échange, contre un pot de Nutella ? Il y a aussi Barbara qui aimerait une robe de mariée et Ibrahim un téléphone portable contre des brassards de piscine. Milo voudrait échanger la trousse de maquillage de sa sœur contre un paquet de chewing-gums, Inès, elle, voudrait carrément échanger son frère contre n'importe quoi. C'est pour ça que j'ai proposé qu'on se retrouve tous chez moi dimanche pour faire une grande tombola, qu'est-ce que vous en pensez ?

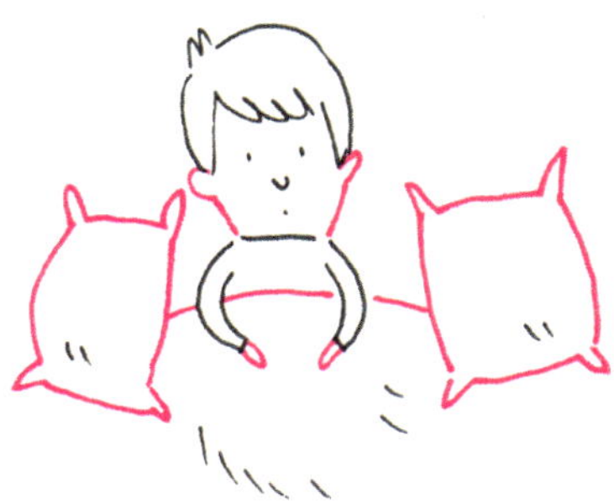

Ils n'en pensaient rien parce qu'ils étaient partis se coucher. Je ne leur ai même pas chanté de chansons !

En tous cas, c'est tant mieux parce qu'à minuit, avec Vladimir, on doit encore s'échanger des choses. J'ai fait une liste de jouets à lancer par la fenêtre :

- Voiture télécommandée
- Doudou-lion

- Lampe-chat
- Robot-saucisse
- Château-fusée
- Cochon-tirelire
- Fer à repasser

Les parents, c'est toujours quand on commence à s'amuser qu'ils sont les plus fatigués.

La prochaine fois, ce sera au lit et sans histoires !